Ω

青春の記憶を刻んで
Etched Memories of My Youth

完全版
Full version

～ありのままで～
Be yourself

タニシ だいき
Daiki Tanishi

はじめに

「統合失調症であっても、希望あふれる楽しい生活を送ることができる」

僕の13年間の闘病生活の経験から学んだことです。

前作の『青春の記憶を刻んで』は、18歳から23歳までの6年間の日記を本にしました。心に巣食うものと、必死に戦っていた頃の奮闘記です。

この「完全版～ありのままで～」は、30歳にいたるまでの13年間の僕の日記をまとめた集大成です。現在の僕は、家族の手伝いをしながら、楽しく穏やかに毎日をすごしています。

（とは言っても、ストレスに弱い僕なので、時々ドッタンバッタンあたふたしますが……）

この本を手にとって下さった統合失調症のみなさん、そしてご家族の方々に、少しでも明るい希望を持っていただけたら、うれしいです。

目次

1
統合失調症と向き合いながら

2007年1月9日

今日は、高校3年生3学期の始業式だった。少しというか、かなり緊張してしまった。そしてまた、この統合失調症という病気は、緊張して疲れたあとも、疲れがなかなかとれないことに気づいた。そのせいで、2年生くらいから学校の成績がガクッと下がった。

2007年2月1日

今日も、半日だけ、午前中だけ学校へ行った。もちろん自分自身、最初はこの半日だけという短い時間でないと、とても登校できないと分かっていた。学校側や、クラスメイトたちは、戸惑っていた感じだった。でも、卒業をあきらめたくないから、力をふりしぼって頑張りたい。

2007年2月7日

今日は、学校の行事で、ボウリング大会があった。僕は、ボウリングが少し得意だ。

ストライクが決まると、学校仲間からほめられた。なんだか、病気から復帰して、久しぶりに楽しい学校生活になった。

2007年2月17日

今日は、土曜日だったけど、病気で学校を休んでいたから、自主登校という形で、友達と一緒に授業を受けた。親しい友達がいたので、土日でも、気にならないくらい楽しい時間だった。それと、ガランとした、静かな学校の雰囲気が、僕は好きだった。

2007年2月24日

今日は、卒業前最後の発表会があった。また緊張した。やっぱり緊張する日の前日は、呼吸がおかしいかもしれない。その例として、始業式とテストがそれにあたる。とにかく、卒業式まであと少しなので、耐えて頑張りたい。

2007年3月3日

今日は、卒業式だった。今まで高校生活3年間で出会った仲間たちとも、今日で別れの時である。僕がつらいとき、いつでも励ましてくれた仲間たちを、僕は忘れないだろう。去年の6月頃は、病気が一番ひどかったけど、今は体調がかなりいい。

こうして元気に高校を卒業できてすごくうれしい。これも、いつでも励ましてくれた仲間たち、そして見守ってくれた先生たちのおかげだ。とても思い出に残る卒業式だった。

2007年3月7日

母さんと2人で、兄たちのいる東京のマンションへ行った。着いてから、少し休んで、あまり人のいない新宿御苑と国立競技場を見にいった。国立競技場のまわりには、少しだけサッカーグッズを売っている店があった。体が少しだるかったけど、楽しかった。高校の卒業式の4日後だったから、何か解放的な気分で東京に行った。

２００７年３月22日

今は、学校というものを終え、まるで人生の春休みに入った気分だ。去年の６月頃から10月頃に、昼夜逆転の生活をした経験があるが、今も、学校に行かなくなったから、本当はなってもおかしくない。しかし、薬を飲んでいるから大丈夫である。

２００７年３月27日

統合失調症になって約７カ月後にやっと統合失調症になったと分かったから、これは僕自身の予想でしかないけど、もしかしたら慢性化しているかもしれない。楽しいことをしまくって病気を消そうと思う。楽しいことをすれば、自然といい方向に向かっていってくれると思う。統合失調症を治す本に書いてあったが、この病気は休んでも休み足りないらしい。楽しいことばかりするのもいいけど、休むときはしっかり休んで、自己管理をしっかりしたい。

2007年7月14日

「うまくいっているものには手を触れるな」というスペインの格言があるらしい。今の自分は、社会にこそ出ていないが、十分すぎるほどうまくいっている。だからこれからも、今までのこのフォーメーションを変えないでいく。たとえ今の自分が間違いでも、僕は怖がらずに前に進みたい。もしかしたら、自分はダメな人間かもしれないと思っても、それは今の自分にはまだ分からない。それは時が解決してくれる。だから僕は今を生きたい。

2007年7月15日

今から1年くらい前だが、大学受験で発作が起きたとき、父さんが岐阜から東京までとんできてくれて、朝起きたら父さんがいてくれて、すごく安心したのを覚えている。すごくうれしかった。でも、今振り返っても、大変な経験をしたなと思う。

夜、いつも通り「寝る薬」を飲んだら、突然息苦しくなってしまったのだ。そして救急車を呼んで病院に行った。このことは、一生忘れないだろう。

２００７年８月14日

今日は、生活のしづらさを露呈していることを知った。いよいよ本格的なリハビリを始めたい。まずは図書館に通いたい。夜、兄と姉で公園へ行った。花火をしたり、寝転がって星を眺めたりして、とても楽しく、まるで小学校のときに戻ったみたいだった。もう僕は大丈夫だ。

２００７年８月30日

この日、大変なことをしてしまった。朝の7時に起きてバス旅行に行く予定で、バスに乗ったまではよかったんだけど、薬による眠気が強すぎて、ちょっと無理そうだということで、バスを途中で降りてしまった。母さんが楽しみにしていた旅行をキャンセルしてしまった。まだ僕は、大きな旅行というのは無理なのかもしれない。それでも僕は、いろんな人からパワーをもらっている。母さんはいなくてはならない存在だ。

2007年9月8日

結局今日は、何も進展がなかった。ただひとつだけ父さんが言った「今、飲んでいる薬は、体や心を休めるためのもの」という言葉に助けられた。しかし、「おまえは病気で今療養してんのに、毎日古本屋行ったり旅行行ったりでずるいじゃないか」と。まあこう言われると、ああそうだなと分かるわけで、いわば自業自得である。これからはしっかり休むよ、神様。

2007年9月15日

今日も、朝から夜まで平穏な、リラックスした心で1日をすごせた。2週間くらい薬のだるさがとれなかった。でも治ってよかった。治ったあとは、少し気持ちが軽くなった気がした。これからは、慎重に薬を飲みたい。

2007年10月1日

今日は、まだ少し薬のだるさがあった。結局症状は治ってなかった。でも、フットサル（運動）をすると調子がよくなると分かった。最近、不規則な生活になっている。なぜなら、深夜のスポーツ番組を見だしたからだ。話は変わるが、僕もあまり遊んでばかりはいられない。大人なのだから。

2007年10月12日
僕の頭は、いつの間にか悩み事ができたら自動的に悩んでしまうようにできてしまっていた。でも、どうしたらそういう憂鬱な気分を解消できるかを、常に考えて生活したいと思った。今は、まだ悩み事が多く、心が不安定だけど、もっとそういう哲学的なことも勉強したいと思った。

2007年10月23日
僕が休み始めて半年くらいがたった。この半年で、東京に行った。フットサルをやった。他にもいろんな経験をした。……なんだか、3年分のことを半年でやってしまったような感覚だ。

今日から、新しい、まだ読んだことのないマンガ以外の本を読んで、まだ知らぬ自分に気づいたり、自分の個性〈能力〉を磨き、高めていきたい。本を読んで行動を決めたい。

2007年12月10日

今日やっとはっきりした。ここ2カ月、体調が悪いのは、テレビの影響だ。テレビが面白くて夜遅くまで起きていることもしばしばある。夏休み前ぐらいに、「夏頃はスポーツとかやるのでテレビが面白くなる」なんて言ってた記憶がある。昨日、父さんが来年使う日記を買ってくれた。とてもうれしかった。大事に使いたい。

2007年12月11日

今日は散歩をした。年末ということもあり、いろいろ今年を振り返る。今年は、簡単に言えばいいこと、楽しいことがすごく多かった。新しい経験をいっぱいした。今まで買いたいと思っていたものもいっぱい買った。

来年もいいことがたくさんありますように。

2007年を振り返って

とうとう2007年も終わりだ。僕にとっては長かったなーというか、1年のほとんどは、母さんと僕と家、この3つだった。それでも幸せだった。

2007年の9月頃から調子を落としてしまった。しかし、まだ勉強をしっかり2時間やることしか、今はまだ無理だからな。でもなんだかんだいって、なんとか1年乗り切った。いろいろとあったし、来年は友達ができたらなー。とにかく、勉強だけはしっかりやらないと生活のリズムがつくれないから。これは毎日しっかり続けたい。今年はオリンピックやサッカーワールドカップがなかったから、あまり刺激がなかった。うれしいんだか悲しいんだか……。

2　小さな希望

2008年1月3日

最近の僕は、本当に能力が落ちた。能力というのは、読み書きであったり、体力である。もちろん、病気で家で休んでいるからしかたがないのだが、だからといって、何もしないのはもったいないと思う。自分で工夫して、特に体力、運動は体にいいから、頑張りたい。危機感が出てきた。

2008年1月4日

今のところ僕に何も起きていない。何も起きていないというのは、日常があまりにも落ち着いていて、まるで独り山奥でのんびり暮らしているかのように平穏だから、そう感じるのかもしれない。

そして僕は今日決めた。薬を減らす!! 今まで僕は、1日12時間くらい睡眠をしてきた。夜9時30分に寝て、朝10時に起きる。もう1年もだ。もう十分休んだと思う。

２００８年１月６日

今日は、フットサルの練習に行ったが、あまり疲れなかった。思えば、フットサルをやり始めたばかりのときは、１試合やっただけでけっこう疲れたけど、最近はやっていて楽しいと思えるぐらい試合でよく動けるようになった。それぐらい、体の調子がだんだんとよくなっているんだと思う。

２００８年１月19日

今日は、自分の未熟さに気づいた。勉強も何もしていないゼロの僕は、何か、からっぽの自分だった。充実した毎日じゃないし、かといってそれほど苦しい毎日でもない。平凡という言葉があっているかどうかは分からないけど、それに近い毎日だ。

何か、目標だったり、やりたいことを見つけなければ。

２００８年１月24日

今、僕が心配しなければいけないのは、母さんとの距離である。あまり心配されるとダメである。1年前と比べて、僕は大人になっただろうか。病気はよくなっているだろうか。

2008年2月5日

今日は、あまりやることがなく、暇になってしまった。まだ僕はこれから通おうと思ったら1日中、専門学校などへ行けるだろうか。今僕は80パーセント治ったと思っている。だから、今は普通の人と同じように、学校に行けると思っている。でもまだ病気になって2年だから……どうだろう。

2008年2月11日

今日は、父さんに、市立図書館へ行くバスの道を教えてもらった。これで、これから生活が充実する。だいたい週3回のペースで通いたいなと思う。これで行くところができた。今まで、行くところといったら本屋さんか近くのスーパーぐらいだったから。もちろん他にもいろいろなところに行ったけど。

2008年2月19日

明日は、また図書館に行きたいと思う。家で勉強していても、あまり集中できないけど、図書館は静かだからすごくいい。勉強だけでなく、いろいろな本を読んで、知識をつけたいと思う。それと今日、図書館で勉強していて、鼻水がやけに出るから変だなと思ったら花粉症のせいだった。もう春がきたんだなと感じた。

2008年2月29日

今日は特に何もない1日だった。ただ、楽しみにしていることがある。それは、サッカーの欧州選手権、EURO2008が今年の6月にあること。それだけで、なんだかわくわくするし、それを楽しみに頑張れる。その2年後のワールドカップももっと楽しみだ。

2008年4月11日

今日は、図書館に行った。図書館通いもだいぶ慣れてきたから、充実した勉強ができた。それと、最近になってかなり元気になってきた自分がいる。暖かくなってきたのもあるだろうけど、病気がひどかった頃と比べれば、まだ少しではあるけれど元気になった。母さんは、そんな僕を見て喜んでくれた。これから、どんなふうに自分が変わっていくのか楽しみになってきた。

2008年5月3日
今日からゴールデンウイーク。とはいえ調子は下降ぎみである。でも、家族でパターゴルフをやったから気分がよくなった。なかなかうまくできたから、とても楽しかった。久しぶりにいい思い出ができた。

2008年5月5日
今日はそこそこだった。明日はおばあちゃんの介護だからしっかりしなくては……。おばあちゃんに、体調の悪い自分を見せるわけにはいかない。元気な自分を見れば、おばあちゃんも安心するだろう。

２００８年５月７日

最近は、不規則な生活が続いているように思う。だから、いっそのこと生活の計画表みたいなものを作ろうかなと思う。それを作れば、学校みたいに、規律が整った生活ができるし、勉強も頑張れる。

２００８年５月15日

今日はあまり調子がよくなかった。明日は何をしよう……。今からだいたい1年前にやり始めたフットサルは、やめてしまった。最近、僕は、ゴルフの練習場で、ゴルフをやり始めた。下手くそだけど、うまくまっすぐ飛ぶと、なかなか楽しい。

２００８年６月20日

今日は、本当に幸せな1日だった……。最近、サッカーのEURO2008が毎日のように放送されているからである。思えば、2年前のドイツワールドカップは病気がひどくて、あまりテレビで試合が見られなかった。2年後の南アフリカワールドカップがますます楽しみだ。

２００８年９月８日
今日は日中、暇だったけど、夕方ゆっくり寝たからよくなった。最近思うのは、冬はかっこいい服が多いなということ。冬はいいなと思う。やっぱり統失は地味なんだなー。

２００８年12月24日
今日は、通院が大変だったけど、東京から兄が帰ってきていて、一緒に診察に行ってくれたから心強かった。
今日はクリスマス・イブ……、ここまできたな。なんかうれしい。

２００８年12月25日
今日は、おじいちゃんとおばあちゃんが診察してもらうために病院へ行った。

自主的に薬をやめてから7日がたった。今のところ、順調である。

２００８年12月27日
今は、たくさん寝て気分がいい。このまま２００９年へ突撃だ――!!

2008年を振り返って

2008年が終わろうとしている。まあ一言で言ってしまえば、いや、漢字一文字で表すとしたら「独」——孤独だったのが一番多かった。いくら孤独が好きな僕でも、彼女の1人や2人は欲しい……(苦笑)。

今年の目標にしていた、「友達を作る」は達成できなかった。この1年で、ここでは書ききれないぐらいいろいろなことがあった。でも楽しかったこと、心から楽しかったことは少なかった。時代のこともあるのだろう。

一番印象に残った景色は、東京だった。やはり東京の街並みは印象に残る。2008年は2007年よりも焦りがあった。何かしなければと思い、いろいろとためしたが、うまくいった数は少なかった。

最後に、この1年で病気のことはどうだったのか。現実的に言ってしまえば、つらいことのほうが多かった。以上が2008年総括。

今、世間はお世辞にも平穏とはいえない……。暗いムードである。これは確かである。しかし僕の住む日本では戦争などは起きていない。平和な国に生まれて何て幸せなことだろう。普段通り自分にできることをサボらずにやることだな‼

3　サッカー

２００９年１月９日

今年は、「タフな大人になる」という目標を立てた。欧州サッカーがたまらなく好きな僕は、今日からスカパーを設置してＪ SPORTSを見はじめた。欧州サッカーは、へこんだ僕を立ち直らせてくれる。元気がでる。

２００９年１月13日

今日は、サッカーがたくさん放送されたので、充実した内容の1日だった。特に、サッカーのイングランドプレミアリーグは、観客の声援が大きいから、すごく興奮する。明日もこの調子でいきたい。とにかく今は、記念すべき20歳の誕生日を楽しみに生活していきたい。

２００９年１月17日

今日は、父さんが駅近くの大きいショッピングセンターに連れて行ってくれた。普段ほとんど行く機会がなかっただけに、うれしかった。自分の好きなものをけっこう買えたのでよかった。また来られるといいな。明日もいいことありますように。

２００９年１月31日

１月が終わった……。去年もここらで「あっという間に1月が終わったな」なんて思っていたな。それにしても、２００９年のなんの見通しもないまま1月が終わった。しかし、今年の運勢はよかったから安心した。僕は、占いとか、おみくじはかなり信じるほうである。

２００９年２月21日

今日は、充実した1日だった。僕のこれからの日々は、充実しているように感じる。というより、不幸の予感があまりない。それぐらい今の自分に勢いがある。このまましっかりとした大人になるぞー!!

２００９年３月12日
今日は、20回目の誕生日だった。家族で祝ってくれた。僕は幸福だ。最近は、サッカーのテレビ中継ばかり見ているせいか、あるいは、毎日幸せで、いろいろなことに思いをめぐらせているからか、日記を書くのを忘れる。

２００９年３月22日
今日は、調子がよかったが、あまりパッとした１日ではなかった。だけど、テレビでサッカーをたくさんやっていたから、気分がよかった。欧州サッカーの中でも、特に今注目のチームがスペインのバルセロナだ。バルセロナの試合をテレビで見ていて、華麗なパスワークで相手チームを翻弄するところがすごい。しかも大勝するからもっとすごい。日本のサッカーにも、いいお手本になるんじゃないかな。

２００９年３月23日
今日は、超がつくほど最高の気分で１日をすごせた。気分がいいと、まわりの雰囲気も明るくなるから、自然と気楽な気分でいられる。僕の場合は、音楽がすごく好きだから、iPodでたくさん聴いている。気分も自然とよくなる。１日も早く元気になりたい。

２００９年４月１日

今日は、サッカーの「スーパーゴール」というＤＶＤを見つけた。「スーパーゴール」には、さまざまな名プレーヤーたちのゴールシーンがおさめられている。このＤＶＤの中には、１９６０年代くらいの白黒の映像も見られる。見ていてすごく興奮した。もっといろいろなサッカーのＤＶＤを集めたいなと思う。

２００９年４月13日

欧州チャンピオンズリーグをテレビで見ていて、バルセロナの強さがすごい。バルセロナ対バイエルンは、バルセロナのホームで４―０。このままチャンピオンズリーグ優勝へ一気に突き進むんじゃないかな。去年のEURO2008でスペインが優勝。その勢いというのがこのチャンピオンズリーグでのスペイン勢にも出ているように感じる。

２００９年5月27日

欧州チャンピオンズリーグのFINALをＴＶで見た。みごとバルセロナ優勝。相手がマンチェスターUだっただけに、ものすごく緊迫した試合展開だった。メッシ対ロナウドという対決は、メッシの勝利だった。あのヘディングシュートは感動したな。来年のチャンピオンズリーグでも、またこのカードが実現するといいな。

２００９年6月17日

今日は、日本対オーストラリアの試合があった。アウェーの試合だったけど、見ていて美しい試合だった。結果は２―１で日本が負けたけど、日本が勝っていてもおかしくないくらいいい試合運びだったし、いい内容のサッカーをしていた。

日本対オーストラリアといえば、ドイツワールドカップで日本が３―１で負けてしまった試合を思い出す。でも、あの試合と今日の試合を比較すると、かなり日本は強くなった。

２００９年7月21日
今日は、まあまあな日だった。やっぱり1試合でもサッカーの試合がＴＶでやっていれば、もうそれで気分最高！　そして今日、書店へ行って中村俊輔選手の本を買った。僕は、日本代表の中でも中村俊輔選手が好きである。

２００９年8月1日
今日は、まあまあな1日だった。最近思うのは、少しサッカーをＴＶで見てばかりいるような気がする。気分転換しなくては。久しぶりにお笑い番組でも見てみようかな。部屋を片付けたりするのもいいな。

２００９年9月15日
今日は、テレビをたくさん見られた。しかし、まだニュースが見られない。夜、散歩をしに行った。気持ちよかった。まだまだ病気がよくなる気がする。そうだ。もう気が滅入るなんてごめんだ。

２００９年12月18日
今日は自分をコントロールした……。勢いで本屋までいき、サッカーの本を買った。前から気になっていた本なんだ。

２００９年12月30日
今日は、兄が帰ってきた!!　家の雰囲気が明るくなった。やっぱり年末年始はいつだって大好きだ。夏のお盆は勘弁。いい年始を迎えられそうである。

２００９年12月31日　２００９年最後の日
そういえば、２００９年の前半はサッカー中継が僕を大いに助けてくれたっけ……。そういう意味では悪くない年だ。なにせあのインパクトだもんな～。欧州のサッカーは観客が好き。雰囲気明るくしてるし、実況、解説も最高だった。

とまあ衛星放送が大活躍したわけだが、それも過去の話。今大事なのは僕自身の将来と、家族。てなわけで、今年も終わり。いろんなことがあった……。

2009年を振り返って

偶然ではない……。奇しくも今年1月、「タフな大人になる」という目標のもと、2009年がスタートした。そもそも「タフな大人になる」とはどういうことか、具体的に言うと、「DVD、ビデオ、マンガなどをできる限り減らし、フワフワした感情をなくす」と自分で目標を立てた。そう、最近やっていることがまさにそうで、やはり書いた目標やら願いは、少なからず実現するんだなと、不思議なパワーに魅了されている。

じゃあその2009年の1月に書いた目標は、今どのあたりまできているのか、現実は、10月中旬、そう、今から2カ月くらい前にようやくフワフワした気分を捨てようと、特に少年マンガをざっと109冊売った!! 正直、なんでもっと早くに売ろうとしなかったのか、今は年末だからなおさら焦った。だが、その少年マンガを109冊売った効果は、そんな焦りなんてどうでもいいやと思うくらいに大きかった!! 自分が変わっていくのがはっきり分かった。

今年1年を振り返ってみると、スポーツ、特に欧州サッカーが、へこんだ僕を救ってくれた。少しは「タフな大人」に近づけたかな？

4 僕にとってのワールドカップ

２０１０年１月４日

今日は、これといって大きな世界の動きはなかった。とまあ年末年始になると、世界の動きであったり、ニュースが気になりだすのだ。そして、なんといってもこの時期は、テレビ番組が面白いからいい。

２０１０年１月12日

今日は、まあまあというか、いい1日だった。というのも、通いはじめたパソコン教室にしっかり行って来たのだ。やっぱり、1日何かひとつ頑張れば、1日が楽しくなる。もう苦しい２００９年は終わった！　そうだ、年が変わったんだし、また新しい気持ちで頑張るぞ。

２０１０年１月18日

今日は、残念な日だった。しかし、母さんが言うには、僕はどうも本を読みすぎるみたいだ。それで考えすぎになってしまう。1度、本には目を向けずに、他のことをやっていよう。それを毎日ちょっとの時間でいいから続ける。

２０１０年１月21日

どうも、まだ僕の心は闇の中にいるような感じだ。なんでだろうな～。この硬い感情は。別にひどく疲れているわけでもないから、多分心の問題なんだろうな。でも2年か3年前と比べれば、断然よくなっていることは間違いない。２００７年は、本当にやせていた。今は、あれから5キロ以上太った。

２０１０年１月26日

今日は、サッカーの話題に多く触れた。なんていったって今年は「ワールドカップイヤー」だ。僕がもう4年前から楽しみにしていたワールドカップまであと少し。本当にあと少しだ。ちなみに、その前はバンクーバーオリンピックがある。それはそうと、僕の部屋のサッカー雑誌の山はなんとかならないかな（笑）。

2010年2月17日
今日は、フラストレーションがたまる日だった。最近、自分の感情をコントロールできなくなっている。そして、昼寝の時間が多くなってしまっている。悪い習慣になってしまっている。

2010年2月23日
兄と姉の住む東京に1人で行った。広尾のマンションは思った以上に広く、高級感があって圧倒された。興奮して夜3時間しか寝られず、翌朝逃げるように帰った。体調があまりすぐれなかったのが原因だった。

2010年3月12日
去年と比べればだけど、静かな誕生日だった。まあいいか、ここまでいろいろあったしな。おまけにケーキも食べられたから大満足だ。最高の1日だった。体の調子も、2月に比べればだいぶよくなった。よーし、このままどんどん元気になるぞ!!

２０１０年３月25日
兄の卒業式に出席するために、母さんと東京へ行く。また広尾のマンションに泊まった。先月行ったときより調子がよかったから、近くの書店に寄って、ワールドカップの雑誌を買った。夜もぐっすり眠れた。

２０１０年３月26日
この日の朝、日本武道館での兄の卒業式に行こうとしたけど、思いとどまって、家でゆっくり休むことにした。せっかく東京まできたけど、少し残念だ。卒業式も終わり、新幹線で帰った。また東京に行きたいと、ほんの少し思った。

２０１０年５月20日
ＦＣバルセロナのリオネル・メッシの本を買った。感動した。この本を読んだら、すごくワールドカップでアルゼンチンを応援したくなった。今回のワールドカップは、スペインが優勝してほしいと思っていたけど、メッシのいるアルゼンチンに優勝してほしい。監督もマラドーナだし。

2010年7月1日

世界が南アフリカワールドカップで盛り上がっている。そういえば、4年前は、ドイツワールドカップで、体調が悪く、全然試合が見られなかった記憶がある。でも、今回は、ほとんどの試合をテレビで見ている。だから、今はかなり寝不足である。とりあえず、今日はたくさん寝よう。

2010年7月11日

ワールドカップ決勝が終わった。優勝はスペイン!! スペインは、僕の中では好きなチームのひとつだったので、すごくうれしい。決勝のスペイン対オランダは、ものすごい激闘だったように思う。最後の最後、延長後半にアンドレス・イニエスタのゴールが決まった。結局大会前に優勝予想していたアルゼンチンは、準々決勝でドイツに負けてしまった。個人的には、今回のワールドカップは、すごく面白かった。日本代表は、カメルーンとデンマークに勝って、ベスト16でパラグアイに惜しくもＰＫ戦で負けてしまった。でも、ベスト16はすごい結果だと思う。また4年後のブラジルワールドカップが楽しみになった。

２０１０年７月25日

外出するときは、自然と元気になって、家にいるときは気分があまり乗らない……。まあ、それが普通の人間の反応だけど、病気になってまだ1年か2年しかたっていないときなんかは、家にいるときは自然と元気になって、外出するときは気分があまり乗らない。まさに今と逆の反応を生活しながら感じていた。

2010年を振り返って

今年は、ワールドカップイヤーだったから、ワールドカップのことで頭がいっぱいだった。楽しみでしかたがなく、サッカーのことを考えすぎていた。だから、生活がだらけてしまった。家族にも、少なからず迷惑をかけていたと思う。

でも、ワールドカップが近づいた5、6月は楽しかった。サッカーの本や雑誌、またはDVDがいっぱい発売されたり、世界中がワールドカップムードだと感じた。その大事なワールドカップはというと、日本は、ベスト16の大健闘!! 思えば、4年前のドイツワールドカップでは惨敗した日本代表だったけど、その悔しさがあってこそのベスト16だと思う。そして試合内容も、4年間積み重ねてきたものが凝縮された4試合だったと思う。特にデンマーク戦が一番印象に残っている。そしてなんとスペインの初優勝でワールドカップが終わった。

ただ、終わってしまったあとの2カ月ぐらいは、少々むなしさがあったけど(笑)。病気のことはというと、調子の波が激しかったな。2月は特にそうだった。ワールドカップをやっていた期間は、ほとんど病気なんて気にならなかった。

そして8月に、同じ病気の人たちが通う作業所に行くことになった。そのおかげか、調子の波が安定した。多分、生活のリズムがよくなったからだと思う。病気の面でも充実した、回復に向かった年だった。

5

3・11

２０１１年１月１日
今は、元旦の早朝だ。とてもいい気分だ。外は残念ながら曇りだが、心は晴れている!! 上々!! どうやら僕は朝型人間らしい。２０１０年から２０１１年になって、とても新鮮な気分だ。今年はいい年になりそうだ。

２０１１年１月４日
今日は、とにかく気温がちょうどよくて、気分がいい。スポーツライターにあこがれるな……。サッカーの雑誌や本をたくさん買ってからというもの、スポーツライターという仕事に興味が出てきた。やっぱり僕は、音楽やゲームはあまり向いていない。
今の僕は、スポーツがぴったりだ。運動不足だから、どこかいい運動場所はないかなー。

２０１１年２月21日
今日は、約３カ月ぶりに作業所へ行った。よかったのは、久しぶりに学校へ行ってきたような感覚が戻ってきたこと!!　とても楽しかったし、またこれから作業所で頑張ろうと思えるようになった。何よりも、そういう前向きな気持ちになれたことが、我ながらうれしかった。

2011年2月25日

作業所よかった!!　午後からは、疲れて2時間ぐらい昼寝をしてしまった。昼寝の時間が多くなると、どうしても夜中に途中で目が覚める。疲れていても、なるべく起きていよう。

2011年3月9日

最近、人を救えるときに救えないという夢をよく見る。

HEROになりたいな。困っている人や病気の人の……。母さんがよく僕に、「病気の人を助けたいなー」と言う。僕もそう思う。僕は、自分の病気の苦しさを知っているから、苦しんでいる人の気持ちがよく分かる。だから、まわりに苦しんでいる人がいたら、できるだけ手助けをしたい。

２０１１年３月11日

東日本大震災が発生する。揺れを感じたとき、大げさかもしれないけど、地球全体が静かに振動している感覚だった。不思議に思いながらも、すぐにテレビをつけると、大津波によって家や車、木などが流され、悲惨な状況が続いている。ずっと感じていたのは、怖いという感情だった。僕が住んでいる岐阜県では、強烈な揺れや、原発の被害はなかった。震災が発生し、時間が経過していくにつれて、恐怖心はおさまってきた。

２０１１年３月12日

昼、テレビをつけると、ひたすら地震速報だった……。それは、朝から晩まで続いた。普段、テレビをあまり見ない僕でも、地震速報は、ほとんど1日中見ていた。今日はもうこれで寝る。あとは神に救いを求める。どうか日本を救ってください。

２０１１年３月13日
今日から、毎朝、輝かしい未来に日本がなることだけを考える‼　なんだか、震災から2日たって、そういう大きな希望でも抱かないと、精神的にもたない気がしてきたからだ。それに、そうでもしないと、今日からずっとこの震災の心の傷が癒えない気がする。

２０１１年３月17日
自分が思っていたより、被害は深刻らしい。震災による死者、行方不明者がどんどん増えている……。3月の終わりくらいまで悲しい気分を引きずりそうだ……。また今日、ひどく落ち込む。でも、テレビがいつもの番組に戻ってきたから、気分が明るくなった。

２０１１年５月21日
今日は、妙にテンション高かった‼　毎日こんな気持ちで生活できたらいいな。何か「仕事」をする。これが不安克服の第一歩なのかもしれないと、今ふと思った。
それと、運動をすることも、不安克服につながると、何かの本で読んだ。僕は、体力があまりないから、もっとランニングしたりして、運動を心がけたい。

2011年6月3日
今日は、何もやる気がしなかった……。てか寝てばかりいた。もっと気持ちを盛り上げていきたいが、調子の波がある。何もやる気がしなかったと思えば、次の日は、朝起きたらかなりテンションが高かったりと、本当に、気持ちの差が激しいと思った。

2011年6月10日
まだまだ僕は、サッカーを完ぺきに知り尽くしていない……。
サッカーをいちばん知り尽くしていそうなのは、FCバルセロナのグアルディオラ監督かもしれない。2008/2009シーズンにFCバルセロナを三冠に導いた監督である。CL、リーガ、国王杯、この3つである。僕がもしサッカー監督になったら、グアルディオラ監督みたいになりたいと思った。いちばん好きなクラブは、FCバルセロナである。選手の中では、リオネル・メッシが大好きだ。メッシの本は2冊もっている。

2011年6月16日

作業所に行ったけど、体がだるくて、早々と家に帰る。昼は、ゆっくりと休んだ。今日は、朝は最悪だったけど、夜は、まあまあよかった。まだ作業所に行きだしてから3カ月ぐらいか。まだまだ作業所に慣れないな。朝、自転車で作業所まで向かうのだが、突然ものすごく不安になることがある。今日がまさにそうだった。

2011年7月13日

高校を卒業してから、哲学の本を多く読んでいる。僕は、サッカーの本が1番好きだけど、哲学の本も2番目ぐらいに好きである。そしてここ数日も難しい本ばかり読んでいる。もっと楽天的なことをしたい。

２０１１年7月28日

僕はスポーツに飢えている。小学校3年から中学校3年まで野球をやっていた……。やはり僕はスポーツ、サッカー、野球だ!! なんで僕はそこまで、まだサッカーの本を集めたいか分かった。心の奥で、僕はまだ「スポーツがしたいんだ」と言っているんだ。

２０１１年8月12日

最近は、あまりいいことがない……。そう高望みしてはいけないか……。気落ちしてばかりいられない。こういうときこそ、頑張らないといけない。目の前のことをひとつひとつしっかりこなすこと。これである。

２０１１年8月21日

朝起きたら、すごく気分がよかった。それに、けっこう涼しくて調子がいい。その勢いで、本屋まで行って『欧州サッカー選手名鑑』を買った。この時期の楽しみのひとつである。
11／12シーズンもまた、日本人選手の活躍を期待したい。欧州サッカーも、いよいよ戦いのモードに入った。

２０１１年８月30日
今日は、いたっていつもと変わらない日だった。でも、なんか、このなにげないありふれた日が、やっぱりうれしい‼　最近は、家族と衝突することが多くて体調も悪いけど、なんだかんだいって幸せな夏だった。もう秋はすぐそこまできている。

２０１１年９月５日
今日は、充実していた。夜ちょっと悲しくなった。この先の将来のことを考えていたからだ。でも、将来のことを考えるのは、悪くないと思う。過去を振り返ると、どうしても、気持ちが暗くなる気がする。将来に目を向けよう。

２０１１年９月12日

今日は、落ち着かない1日だった。しかし、朝寝坊はさけなくては。それにしても、まだ９月の中旬というのに暑さが衰えない。まあここ4年は、ずっと毎年こんな感じだが。

あえていうなら、秋の予感……。ちょっと涼しかった。まあ僕はどちらかというと涼しい季節のほうが好きだからな。

２０１１年９月13日

昨日の夜のことだが、筋トレをおこたっていた自分に気づいた。また、食べすぎて少し太っている自分に気づいた（苦笑）。1日が終わろうとしているが、まあすっきりしない……。何をやっても憂鬱。ファイト!!

２０１１年９月17日

僕はサッカーの次に音楽が好きである。自分の部屋をもっと音楽だけにしたい。でも、音楽だけにしたいといっても、ただ店で買ってきた音楽ＣＤや音楽雑誌を自分の部屋に並べるとか、普段より多く音楽を聴くぐらいだけど。ただ、２０１０年のワールドカップが終わって、関心が自然と音楽に向いているだけだと思う。

２０１１年9月21日

長いこと昼寝をして、起きてみたら、待っていたのは「秋のおとずれ」だった。もちろんまだ残暑は厳しいけど。とにかく、じめじめしていただけに、うれしい涼しさだ。

２０１１年10月21日

今日は、作業所の人たちとボウリングをした。少し緊張したけど、すごく楽しかった。普段は作業所での仕事ばかりしているけど、食事会とかもあったりして、本当に明るい雰囲気で、暗い気分が吹き飛んでしまう。これからも、こういう場を大切にしたいと思った。

2011年12月10日

今日は、土曜日ということもあって、家族で中部国際空港セントレアに行った。すごく広い空間で、店もいっぱいで、久々にすっげーいい気分になった。偶然にも、SKEがミニライブみたいなものをやっていた。人がいっぱいで、近くで見ることはできなかったけど、盛り上がっていた。ちなみに、AKBのメンバーの中では、僕は指原莉乃がいちばん好きである。2番目に大島優子、3番目に渡辺麻友ってとこかな。

2011年を振り返って

この年、東日本大震災があった。この「3・11」を境に、「日本」について考えたり、「平和」について考えた。3月は、テレビも新聞も地震のことばかりだったように思う。そんな中で、「がんばろう日本！」という言葉がいたるところで見られたり、YouTubeの動画で、日本だけじゃなく、世界中から日本に向けて励ましのメッセージがおくられていたのを見た。個人的にだけど、普段テレビで見ているヨーロッパのサッカーのビッグクラブまでも動画でのメッセージを届けてくれていて、すごく励まされた。自分も頑張ろうという気持ちになった。

10年後、20年後に復興や復旧が進んで、またもとの元気な日本が復活すると信じたい。そしてまた、次にいつ大きな地震が起きても大丈夫なように、自分の命は自分で守れるようにしたい。そして、自分だけじゃなく、まわりの人たちも支えられるようになりたい。3月11日から、いろいろなことが変わった1年だった。今年は、日本中が深い絆でひとつになったと思う。

6　不安との闘い

２０１２年２月４日

今日は、休日ということもあり、１日ゆっくりできた。本屋さんに久しぶりに行ってきた。マンガの本を買った。やっぱり本屋はいいな。今日は充実した１日だった。

２０１２年２月12日

最近は、調子がガクンと落ちたけど、今日はなんとか「復活」した。昨日と今日では、調子の差がすごくある。やはり調子の波が影響している。この調子の波というのは、自分でも見つけにくい。最近分かってきたのが、昼寝するかしないかで、すごく体調が変わってくるということ。疲れた状態で昼寝もしないと、ズルズルと悪い気分を引きずってしまう。

２０１２年２月20日

今日は、午後から強い不安におそわれた。何が不安だったかというと、家の前を歩く人たちの視線や話し声である。母さんにそのことを話したら少し楽になった。焦らないで少しずつ。

２０１２年2月26日

今日は、朝から軽いうつ状態だった。でも、家族と一緒に外食をしたら元気が出てきた。母さんは、僕がすごく元気だった3歳くらいのときの写真を家に飾っている。そのときの元気な自分にまた戻れるといいな。

２０１２年3月25日

今日は、少し元気が出なかった。それで、今まで思っていた不安を母さんに話したら、「だいきは、世界にひとつだけの花だよ。ナンバー1にならなくていいんだよ」と言ってくれた。これからはなるべく頑張りすぎないようにしたい。

２０１２年5月30日

今日の朝、病院に行こうか迷ったが、結局作業所に行った。昼は勉強した。

2012年6月3日

今日は、テレビでサッカーの試合があった。僕は、サッカーの試合を分析したり、本屋さんでサッカーの雑誌や本を買ってくるのが好きだ。でも、スタジアムまで足を運ぶことは少ない。

2012年6月6日

今日は、とても楽しい1日だった!!　なんか、楽しい気分で体調もいいと、早く元気になりたい、早く病気を治したいと余計に焦ってしまう。悪循環にならないように、自分をコントロールしたい。

2012年6月23日

今日は、慌ただしく過ぎていった1日だった。最近幻聴がひどい。早く病院に行きたい。夜は、体力をつけるために公園のまわりを走った。

２０１２年７月16日
今日は、朝から体調が悪い。昼頃からようやく元気になってきた。三連休ということもあって楽しかった。とにかく明るい気持ちで毎日生活したい。

２０１２年９月30日
今日は、休日ということもあって、海に行った。釣りをしている人がいっぱいいた。とてもきれいだった。いい気分転換になった。

２０１２年を振り返って

この1年は、病気に対する不安との闘いだった。日記も今年はたくさん書くことができなかった。何が不安だったかというと、病気からくる不安だったり、将来への不安である。病気になってから約5年がたって、なんだかずいぶん長い年月が流れたように思う。将来のことをいろいろと考えてしまって、焦ってしまう。病気からくる不安というのは、少しずつなくなっていったんだけれど、２０１２年になってから、また病気の症状が多くなってしまったように思う。大げさに言えば、病気が再発しそうになった。

２０１３年は、きっといい年になると信じている。２０１２年は、いいことがあまりなかったけど、未来を信じて明るく元気な自分でいたい。

7　未来を切り開きたい

2013年1月6日

兄がいるタイに行った。タイは、小学校3年生のときに家族旅行で行って以来、14年ぶりだ。バンコクに到着する頃には、すでに夜になっていた。タイの空港からタクシーで、兄のいるホテルに向かった。タクシーから見えるバンコクの景色は、高いビルがたくさんで、にぎやかだった。ホテルに到着したけど、暑くてあまり夜眠れなかった。

2013年1月7日

2日目は、ターミナル21という、ほぼ世界中の店が並ぶところで、買い物をした。いろいろな店がありすぎて、途中で疲れてしまった。でも、とても雰囲気がよくて楽しかった。

2013年1月8日

今日は、高級そうなホテルの料理屋へ、兄が案内してくれた。そこでは、近くに川が流れていて、船がいっぱい通っていた。とても開放的な場所だった。料理もすごくおいしかった。あっという間にタイ旅行3日目が終わった。

2013年1月9日

タイの空港は、本当に広くて人がいっぱいだった。そこでお土産を買って帰った。途中の飛行機で見た窓の外の景色は、月と星がきれいだった。そして2泊3日のタイ旅行は終わった。初めは、わくわくよりも不安のほうが大きかったけど、タイに着いたら元気になった。本当にいい思い出になった。

2013年1月20日

最近、寝て起きて、寝て起きての不規則な生活になってしまっている。今の自分は、怠けている。もう少し規則正しい生活をしたい。

2013年2月7日
今日は、午前中作業所に行った。今日も少し体調が悪かった。それに、休みと活動のメリハリがまだきちんとできていない。休みたい、なにかリラックスしたいってときに緊張している自分がいる。

2013年2月10日
今日は、姉が帰ってきた。元気をもらった。みんなで回転ずしを食べに行った。かなり混んでたけど、種類がいっぱいで、おいしかった。

2013年2月15日
今日、久しぶりに風邪をひいてしまった。しばらく寝たけれど、あまり熱が下がらなかったので風邪薬を飲んだ。胃腸風邪だった。今年の冬は、本当に寒い。早く暖かくならないかな。

２０１３年2月18日

今日は、夕方、久しぶりにサッカーをテレビで見た。僕はサッカーを見ているとき、気がすごく晴れるから、その僕を見ている母さんは機嫌がいい。早く元気になって、母さんを安心させたい。

２０１３年2月25日

さて、もうすぐ3月である。僕の誕生日は3月12日。そろそろ誕生日か。最近、少しではあるが、春らしい気温になってきた。まだ気が早いけど、桜も美しく咲くだろう。考えてみたら、長く寒い時期が続いた。でも、これからいい季節に入っていく。

２０１３年3月13日

今日は、また気分が落ち込んだ。ガクッとひどく落ち込むと、なかなか嫌な気分が抜けない。以前は、少し気分が落ち込んだだけで、それがずっと続いたけれど、今は、少し落ち込んでもすぐに立ち直れる。

2013年3月24日

今日は、野球の勉強をした。勉強というよりも、ただ野球の本を読んだだけだ。僕は、サッカーの本は読むけれど、野球の本は家に1冊くらいしかない。もうすぐプロ野球が開幕する。

2013年3月28日

今日は、しっかりと休んだ。作業所は行かなかった。休養は大事だなと思った。1日しっかり休めば、次の日の朝、元気な自分がいる。もう3月もあと少しで終わり。ついこの間までまだ1月かと思っていたのに。

2013年4月3日

今日は、疲れていたのでたくさん昼寝をした。そして、病院に行ったあと、本屋へ行った。こう振り返ってみると、充実した1日だった。特に、病院は4週間に1回なので、すごく貴重な時間だ。もちろん休むことも本を買うことも自分にとって大事だけど、病院は、もっと大事である。

2013年4月4日

今日は、2冊の本を買った。やっぱりというか、もう当たり前のように僕は暇があれば本屋へ行く。4、5年前は、サッカーの本や雑誌ばかり買っていた記憶がある。最近は社会の本、政治の本に関心が変わってきた。

2013年4月11日

ときどき、自分が情けなくなる。ずっと暗い気分が続くことが多くなったからだ。でも、暗い気分が続いたときや、つらいことがあったとき、必ずといっていいほどいい夢を見る。そのいい夢の内容というのは、まだ僕が少年だったとき、友達と楽しい学校生活をおくっていた日々である。その夢を見ると、今日も頑張ろうという気になる。

2013年4月13日

今日は、休日だが、最近疲れがあまりとれない。おまけに2月上旬並みに寒い。こんなに寒さが続く毎日は、ここ4、5年なかったように思う。でも僕はどちらかというと寒いのは平気だ。暑い夏より寒い冬のほうが好きである。だからちょっとうれしい。

2013年4月19日

今日は、風が強い1日だった。でも、風の音はあまり気にならなくなった。急性期の頃は、特に夜ずっと強い風が吹いているととてもつらかったし、眠れなかった。その頃と比べると、ずいぶんストレスに強くなったと思う。

２０１３年４月24日

今日は、サッカーのことを多く考えた。レアルマドリードとバルセロナの決勝戦になるのかだとか、日本代表は次の試合でワールドカップ出場を決めるのかとか。なにせ、ブラジルワールドカップまであと1年である。世界中がサッカーで熱くなる時期だ。次のワールドカップも、南アフリカワールドカップのような、素晴らしいワールドカップになるといいな。

２０１３年４月28日

今日は、しっかり休もうと意識して家でのんびりした。日曜日だったこともあったし、いい休養がとれた。もう少しでゴールデンウイークだ。なんだか、家でゴロゴロして連休が終わりそうだ。来週も自分のペースで頑張っていこう‼

２０１３年５月２日

今日は、最高に充実した1日だった。３日間、必死に作業所で働いたからだ。このゴールデンウイークは、じっくり大好きなサッカーのことでも考えて過ごしたい。サッカーか、思えば高校生の時に日本代表の試合をテレビで見てからサッカーが好きになったんだよな。高校の時は、サッカー部に入ったけれど、顧問の先生が高齢で休みがちだったから、部活の時間はほとんど草取りだったな。

2013年5月6日

今日は、ゴールデンウイークの最終日。家族で広い公園に行った。姉とバドミントンをして楽しんだ。あっという間にゴールデンウイークが終わってしまった。やっぱり楽しい時間というのはあっという間にすぎてしまうんだな。

2013年5月11日

引っ越すことになった。場所は、本屋に少し近いところのマンション。うれしいことがあった。引っ越しの準備に車で移動している最中、空が異常に赤くてきれいだったのだ。変化のあるときに、こういう現象を見ると、パワーをもらえる。

２０１３年５月15日

引っ越しの準備も最終段階になった。最後は、自分の部屋の家具を移動する作業だった。なかなか楽しい作業だった。引っ越して2日しかたっていないけど、不安が心をしめている。この先、新しい生活に慣れるだろうか。

２０１３年５月20日

今日は、まずまずの日だった。とはいえ、引っ越してまだ少しの日にちしかたっていない。だらけたり、なまけたりせず、そして無理をせず生活したい。この日の夜は、テレビのサッカーを少し見た。かなり興奮した。欧州サッカーも、ちょうど優勝が決まる時期だったからだ。明日もまた頑張るぞー!!

２０１３年５月25日

今日は、ＣＬ決勝を深夜にやる。バイエルンミュンヘン対ドルトムント。ドイツ勢対決か。ドルトムントに勝ってほしいな。それにしても今日は、体調がすぐれない1

日だった。やっぱり元気な時にサッカーが見たいから残念だ。でも、自己管理をしっかりしたい。これから長く統合失調症とつきあっていくかもしれないから。

２０１３年６月１日

今日は、体が軽かった。引っ越してはじめて体が軽くなったと実感している。なかなか落ち着いたところだと思った。父さんが、「運動をたくさんしろよ」と言ってくれた。僕の体は、あまり筋肉があるとはいえない。お腹がかなりでているのが悩みの種である。引っ越したのをきっかけに、運動をしよう!!　筋トレをしよう!!

２０１３年６月15日

今の僕は、サッカーがいちばんの楽しみになっている。サッカー無しじゃあ退屈な人生になるだろうな。それくらい生活の一部になってきている。今、ちょうどコンフェデレーションズカップが開催されている。今日は、日本対ブラジルの試合がある。来年のワールドカップの開催国対アジア王者日本。見ないわけにはいかない!!

２０１３年６月16日

日本代表は、またしてもブラジルに大敗してしまった。戦い方としては悪くなかった。試合が始まる前は、接戦になるだろうと思っていたけど、甘かった。日本は、完全アウェイの雰囲気に勝てなかった。でも、まだ2試合可能性が残っている。期待しよう!!

２０１３年６月20日

深夜、サッカーの日本対イタリアの試合があった。でも、起きれなかったから朝、インターネットで試合の結果を見た。3対4で惜しくも敗れた。日本の世界一の夢はひとまず終わりか……。でも、あとでYou Tubeでハイライトを見たら、ものすごく白熱した、最高の試合だった。この試合を、来年のワールドカップで見せてほしいなー!!

２０１３年６月22日

朝、11時に起きた。最近、少し寝すぎる。運動をしっかりすると誓ったのに、なんだか中途半端に終わっているからもう少し運動したい。マンションの階段でランニングでもしようかな。

２０１３年７月９日

朝、早く起きて本とかＤＶＤとかいろいろ整理した。ただそれだけで、気分がよくなった。昼、本屋に行ってマンガを買ってきた。

２０１３年７月31日

朝から部屋の本や雑誌の山を片づけた。少し体にこたえた。今から少し昼寝でもして休まないとな。いよいよ7月も終わり。この先どう生活が変わっていくか、そして、病気はどうなるのだろうか。はやく落ち着きたい。

2013年8月3日
朝から全体的に気分が悪かった。でも、今の僕は独りじゃない。家族がいる。今日は、岐阜市の花火大会だ。すごくワクワクする。マンションだから、花火がよく見えるだろう。ちょうど僕ぐらいの歳のカップルが花火を見に行くところを見かけた。いいなあ〜。

2013年8月5日
今日は、作業所で朝11時ごろから消防訓練があった。けっこう本格的な消防訓練をやった。東海地方も、いつ大地震が発生するか分からない。いざという時、すぐに正しい行動をとれるようにしたい。本当に重要な体験をした。

2013年9月12日
上の階の人の物音がうるさくてイライラした。朝、作業所へは行かず休んだ。風邪をひいてしまったからだ。今もまだ熱があってだるい。こんな時期に風邪をひいてしまうとは思わなかったな。はやく元気になりたい。

２０１３年9月19日

引っ越してだいたい4カ月とちょっとかな。だいぶ新しい生活に慣れてきた。最初の2カ月は、荷物運びとか家具の移動で大変だったっけ。今は、少し落ち着いた。僕は外に出ることがあまり好きではない。統合失調症という病気のせいでもあるけど。どちらかというと、家の中でテレビを見たり、本を読んだりしているほうが好きだ。

２０１３年11月20日

サッカー、日本代表の試合があった。相手はベルギーだ。すごくいい試合だった。ベルギーは強敵だけど、日本はいい試合をした。もしかしたら、ザックジャパンになってから一番の試合だったんじゃないかな。だから勝てた。もうブラジルワールドカップまであと約半年だ。ワールドカップでも、こういう素晴らしい試合をしてほしいな。

2013年を振り返って

今年の1月には、兄が働いているバンコクに勇気をだして母さんと出かけた。僕にとっては大きな挑戦だった。

そして5月には、マンションに引っ越した。それもあってか、あわただしくすぎていった2013年だった。特に苦労したのが、自分の部屋のものを引っ越し先のマンションまで運ぶ作業だった。本や雑誌が多くて運ぶのが大変だった。9月、10月には少しは落ち着いた生活ができるようになった。そしてなにより、「はやく元気になりたい」という気持ちをとりもどせたからよかった。

作業所に通いはじめて2年半になる。はじめは緊張していたけれど、少しずつ慣れてきた。1週間に2回くらい通えるようになって楽しくなった。

今年は、家の中でじっと閉じこもっていないで外出することを心がけた。これからも、もっと外へ出かけよう。そのために世界があるのだから。

8　幸せの予感

２０１４年６月８日

今日は、ひどく気分が落ち込んで、とにかく苦しかった。日曜日だったけど、楽しくなかった。マンションのときとは違う物音がまたある。マンションのときは９階だったから、人の話し声とか、車が通る音が全くしなかったけれど、一軒家に戻ってから、やけに車の音が気になる。

２０１４年６月９日

20年後か30年後の自分を夢で見た。うっすらとしか記憶にないけど、なぜか子供たちとトランプとかして遊んでた。不思議な夢だった。でも、幸せな気分になった。

２０１４年６月12日

今日は、朝気分が悪かった。だるかったけれど、なんとか作業所に行った。今日からワールドカップだから、少々だるくてもなんともないし、それを楽しみに頑張れる。明日も忙しくなりそうだ。

２０１４年６月16日
なんだか、やることが多くなってきた。自分の部屋の整理整頓、作業所など、落ち着かない日々が続く。気分的にも浮き沈みが激しくていやになる。そしてまた、僕は車の免許をもっていない。これからの生活を考えると、真剣に車の免許をいつとるのか考えないといけない。

２０１４年６月17日
いったい自分はなんで生きているのか。今の自分の感情を言葉で表すとしたら、「絶望」かもしれない。生きる意味を考えるくらい気分が暗くなっている。元気がないんだな。
でも、元気になれる場面は、日常生活の中でいっぱいある。楽しいって思えること。

２０１４年６月18日
今の自分の体は、とても20代の体じゃない。お腹の部分が40代だ。かなり太った。

家の中で寝てばかりだし、なるべく日中は起きていよう。そして、散歩したり走ったりしよう。

最近の自分の楽しみは、「僕の将来は明るい」「僕の将来は明るい」と何回もくりかえし自分に言い聞かせること。少しは未来が明るくなるかな。

2014年10月8日

東進ハイスクールカリスマ講師の林修先生の『いつやるか？　今でしょ！』の本を読んで一気にやる気が出て、今日、自動車学校に入校した。8、9月とすごく体調がよくて、気分もかなりよかったから、しっかり免許がとれる自信がある。どれくらいの月日がかかるか分からないけど、頑張っていこう。

2014年10月10日

よしっ‼　今日の技能教習はいい手応えだった。安心して教習車に乗れるようになった。しかし、まだまだ先は長い。家に帰ってからも緊張しっぱなしだった。明日はどうなるんだろうという思いでいっぱいだ。でもいつやるか？　今でしょ！

２０１４年11月６日

朝、ものすごく元気な自分に気づいた。最初、自動車学校に入校したばかりの頃は、不安でたまらなかったけど、今は、どちらかというと行くのが楽しみ。今のところ、４日間連続で自動車学校に行っている。疲れてはいるけれど、気持ちは勢いがある。

２０１４年12月３日

仮免テストを受けた。やっと合格した。すごくうれしくなって、はずむように家に帰った。なんだか自分に自信がついた。自分にもできるんだという思いがわいた。自動車学校もついに半分までできた。残りの半分、また大変だろうけど、気合いで乗り切ろうと思う。

2014年を振り返って

今年は、またひどく体調を崩してしまった。生活というか、なにか、生活という言葉にもならないくらい慌ただしかった。特に、夜はまるで眠れず、ひどいときは、深夜コンビニに行ってカップ麺を買ってきて、すぐに食べるというのが何回もあった。おかげでものすごく太った。精神的にまいっていた。だから、たとえば料理をするときでも、ずいぶん下手くそになった。ふだんの日常生活でも、行動がぎくしゃくして、ぎこちなくて、どうしてこんなにも自分はなにもかもうまくいかないのかと深く悩んだ。

でも、7月末くらいから、そうした混沌とした雰囲気が変わった。2作目の本が完成して、大きな達成感とともに、嬉しさがこみあげてきた。苦しいことや悲しいことばかりじゃない1年だったといえる。また、自動車学校に11月から行きはじめて、大きな仕事が2つ進んだ。1年全体をふりかえってみると、1月~6月は、いいことが全然なくて、7月~12月は、調子がよくなっていいことがいっぱいあった。年の終わりには、明るい幸せな予感を感じた。

9　再生

２０１５年１月16日

もうすぐ自動車の免許がとれそうである。技能教習は、だいぶ進んだけど、学科教習はなかなか進まない。１時間授業を聞くだけなのに、行くのがときどきいやになる。でも、ここまで進んだから、最終的には絶対に免許をとりたい。

２０１５年１月27日

今日は、最後の学科の授業だった。あとは、明日から技能教習。やる内容はもう理解しているから安心だ。去年の10月からここまで、自分としては順調にきている。あと少しだ。

２０１５年１月31日

今日、原付を運転した。初めは運転できるのかと不安だったけど、乗って５分くらいでマスターしてしまった。心配事がまたひとつなくなった。あと残っているのは、テストのみ。仮免のテストは簡単だったけど、本免のテストは、僕にとっては難しい。

２０１５年２月20日

今日は、卒業検定の最後のテストだった。この時期、高校生が多かった。テストは残念ながら不合格だったけど、次は、しっかり勉強してテストに臨みたい。最後の追い込みは、卒業検定に合格することだ。

２０１５年２月24日

合格した。最初は間違いかなと思っていたけれど、やっぱり合格だった。うれしくて、心の中で大声を出していた。どんな言葉か分からないけど、とにかく叫んだ。テストが終わったあとは、すごく疲れていた。明日、少し運転してみよう。

２０１５年６月21日

昨日の寝る前、薬を飲み忘れたせいか、朝すごくだるかった。ときどき、自分は病気であるということを忘れる。少し前に買ったウォークマンを楽しんでいる。けっこう値段が高かったから、これから大切に使っていきたい。前に使っていたiPodは壊れてしまった。

結局4年使ったのか。すごく使いやすくて、気に入っていたけど、残念でしかたがない。

2015年7月2日

最近、うつ病みたいな状態が続いている。もう嫌だ。何もやる気がしない。母さんが、遠くまで出かけようと誘ってくれても、沈黙して何もいえない。憂鬱だからだ。テレビさえ見たくない。さらに言えば、自分の部屋のどこかに盗聴器がしかけられていて、テレビ局の人たちが、全部それを聞いている感じがする。

2015年7月10日

疲れている。少しだけ自分に言い聞かす。「無理をするな」と。
「えーい、仕方がない。今の自分で精一杯なんだ」そう思うと、何か突然楽になったぞ。今、少しだけ自分が前向きになれた。よし、再び続けよう。僕の物語を。前向きに、前向きに。ここから自分の、自分だけの物語になっていくはずだが?
苦しむっていったってこれ以上苦しみようがない。新しい幸福をとにかく探していかなくちゃならない。世界が平和になりますように。

２０１５年７月13日

そろそろ、妙な考えや、不思議で宇宙的な考えは消していこうと思う。もう、とことん孤独を極め、とことん苦痛を感じ、とことん下まで行ったから。自由、希望を求めるよ。今回の旅は、大人の旅というひびきが似合う。そしてまた、友達がいない僕は、ずっと孤独でつらい状態におちいっている。

いろいろ夢みたいなことを並べてみた。今、僕は少し幸福だ。家族みんなのふわふわとした優しさに包まれている。奇跡が起きたみたい。

２０１５年７月15日

正直、自分は小さな人間だと思うときがある。でも、サッカーを見ているときや、音楽を聴いているとき、さらには家族といるとき、僕は僕になれる。うれしい。特に、母さんには、どれだけ感謝しても、しつくせないくらいだ。

２０１５年7月26日

今日は、日曜日ということもあって、ボケーッとしたまま1日が終わった。ボケーッとしていた。僕は、これから先このまま父さんと母さんのそばで暮らすだろう。そうは言っても、父さんと母さんの自由な時間をもっとつくってあげたい。

２０１５年8月15日

10月に行われる岐阜県の精神保健福祉大会でスピーチをすることが決まった。僕の担当の相談員さんが、推薦して下さったのだ。うれしかったぁー。僕の話す時間は10分間だ。すごく緊張するな。でも、頑張ってやってみよう。

２０１５年8月19日

やればできる!!　そう信じてスピーチの内容を考えた。僕の9年間の体験談をどのように書こうか迷った。考えているうちに寝てしまった。少しだけ涼しかったからたくさんねむれた。気持ちよかった。秋よ秋よ、早く来い。

２０１５年８月26日
今日は、ひさしぶりに作業所に行った。
新しい人が入所のための説明を、スタッフの方から聞いていた。
僕が作業所に通い始めてからもう5年目になる。いつしか古株になってしまった。

２０１５年８月29日
少し涼しくなってきた。もうすぐ9月だ。秋は何かいいことがある。秋は「オレの季節」、輝くぞー!!

２０１５年９月13日
今いちばん大切にしなくちゃならないのは「パワー」ってとこかな。そう、何が起こってもへこたれない折れない心と体を作りたい。自立できるようになりたい。

２０１５年９月27日

今日は、朝から調子がいい。エヴィリファイを忘れずに飲んだ。車でスーパーへ行って母さんに頼まれた夕食の買い物をした。手伝いができるようになった。

２０１５年10月５日

今日は、近くのトンカツ屋へ家族で行った。おいしくて食べすぎてしまった。その後、夜になってから母さんを乗せて近くをドライブした。

２０１５年10月20日

発表会まで残り9日だ。明日は当日司会進行をされる方が家に来て下さる。スピーチの原稿はようやく出来あがった。緊張するなー。

２０１５年10月24日

よーしっ!! 10月29日の本番まで残り「5」日だ。やばいな、こりゃあ。失敗する可能性が50％成功する可能性が50％とイーブンだ。今日も、家族の前で練習した。

２０１５年10月26日

何も考えられない。ただ本番にむけて「亀」になっているだけ。

あと3日。あと３日だ。今、緊張してどうにかなりそうだ。

２０１５年10月30日

昨日の発表会が無事に終わった。少し落ち着くことができた。スピーチも会場からの質問にも答えることができた。何だか達成感がすごくある。こんなに気分がいいのは、久しぶりだなぁ。ずーっと長く明るい気持ちが続いてくれるといいんだが。

２０１５年11月18日

今日は、ガクッと下がった1日だった。診察日だったけど、最悪のコンディションで行った。ちょっと残念だ。今から、運がかたむかないかな。「ついてる、ついてる」と声に出してみる。

2015年11月28日

部屋の整理をした。しかし、片付けても片付けても見た目が変わらない。もっとシンプルにきれいにしたいのだが。大事なもの、自分の好きなものだけでも自分のまわりに集めたい。

2015年12月14日

あー、もっと物が減らないかなー。とにかく本が多い。2015年も残り少しで終わる。長く感じた1年だったなー。今日は、朝起きたらうつぎみだった。最初からもっとテキパキと行動できたらなー。テキパキと行動できないのは、やはり統合失調症のせいだろう。

2015年を振り返って

この年の2月、自動車の免許をとった。とても苦労をして、結局4カ月もかかってしまったけれど、なんとか頑張った。

自分が車の運転ができるようになるなんて、病気の症状がひどかった3、4年前には考えられないことだ。

10月には、県の精神保健福祉大会で、たくさんの人の前で発表した。とても緊張したけれど、初めての体験で、自信が持てるようになった。今年1年は、いろんな経験を通して、自分の中で再生できたように思う。

◎精神保健福祉の大会のスピーチ　全文

はじめまして、◯◯◯◯ともうします。今26歳です。

僕は、姉と兄の3人兄弟の末っ子に生まれました。

小中学校では野球部に所属し、友人も多い、元気な、いたって普通の子どもだったと思います。

ですが、高校生の時から今現在も続いていますが、統合失調症という病気にかかりました。この病気の症状は、幻覚が見えたり、誰かがなにかを話している声が耳元で聞こえたりします。その他にも、うつ、不眠といった症状がある病気です。

今の病気にかかった原因は、高校2年生の時、授業中に、クラス全員がざわざわとうるさく、授業に集中できなくて、いやになったり、クラスの人たちとあまりなじめず、友達もいなくて、自分だけ孤立していたことが原因です。高校時代は、孤独で、学校に行くのが辛く、不登校ぎみでした。

大学受験の前日の夜に、過呼吸になり、救急車で運ばれました。それ以来、進学はあきらめて自宅で静養することにしました。

現在は、体調のよい時に作業所に通い、病院にも通院しています。

ここまでが、簡単ですが、僕の経歴です。

僕のお世話になっている作業所は、就労支援B型事業所あけぼの会、第三サンライズです。通いはじめて今年で5年になります。僕は、人とのコミニュケーションが苦手です。スタッフさんやメンバーさんが、いつも話しかけて下さるので、最近では、楽しく会話ができるようになりました。また、食事会や、スポーツ大会など、行事がたくさん行われるので、一年をとおして楽しいです。これまで僕が回復できたのも、作業所のみなさんのおかげだと思っています。

病気にかかってから、今年で10年になるのですが、その10年の間に、2冊の本を出版しました。ペンネームは、本名ではなく、タニシだいきと言います。

1冊目は、『統失ひきこもり4年生』という題で、病気の症状についての一言ネタが書いてあって、思わず笑ってしまう本です。

当時、認知症のおばあちゃんの介護におわれ、毎日、暗い表情だったお母さんに少しでも笑ってもらおうと思い、おもしろい一言ネタを考えはじめたのがはじまりです。

この本を読んでくださった人達から、「おもしろいね」「元気になるよ」と言われました。

幸運にも、文芸社さんから、2冊目の出版の依頼を受けました。本はあまり売れなかったのですが、文芸社のプレミア会員として僕を選んでくださいました。体調にあわせて、作業所に通いながら2冊目の執筆にとりかかりました。

2冊目の、『青春の記憶を刻んで』という本には、2007年から2013年までの、日常生活での出来事を簡単に書いてあります。読書やサッカーに打ち込んだこと、そしてまた、家族との思い出も書かれています。僕が病気になってから、今日まで、毎日かかさず書いていた日記を書籍化したものです。2作目は、文庫本で、ページ数も少ない、うすい本ですが僕にとってかけがえのない宝物です。統合失調症のみなさん、またそのご家族の方々には、深くご理解いただける内容だと思っています。

2冊とも、日本中の本屋さんに置いてもらえました。去年の4月には、岐阜駅構内の書店で岐阜出身の作家フェアがありました。このとき、僕の本も店頭に置いてもらい、一緒にサイン色紙も飾ってもらえました。これが、非常に僕の自信と誇りになりました。また、この病気を知らない人達が、少しでもこの病気を理解してくれればと願っています。

病気の僕でも、一人でも多くの人に笑顔を届けているんだと思うと、それは僕の大きな喜びです。

他にも、僕が挑戦したのは、自動車学校に通うことです。免許をとって車の運転がしたかったので、去年の11月から通い始めました。健康な人だと、一か月くらいでとれるけれど、僕の場合は、体調の悪い日が多いので、4か月かかりました。なんどもあきらめようと思ったけれど、最後まで、歯をくいしばって頑張り、卒業検定に合格しました。作業所に通えるようになったこと、2冊の本を出版したこと、自動車の免許をとったことが大きな自信になりました。

最後になりますが

僕の病気はいつ完治するかはわかりません。

けれども、いつかきっと元気な頃に戻れると、僕は自分を信じています。そして、病気であっても、悩んだり、自分のからに閉じこもっていたりしないで、いつも前向きに、勇気をだして、これからも何かに挑戦していこうと思っています。

10　楽しくなった生活

2016年1月25日

電気をつけっぱなしで寝てしまった。そのせいで、疲れがたまったまま1日すごした。さんざんな朝と夜だった。もっとゆとりをもって生活したい。

2016年1月28日

もうすぐ春がくる。暖かい春がくる。きれいな桜が咲く春がくる。あと少しで1月が終わる。今日は、昼寝をたくさんしてしまった。平凡な1日だった。

2016年3月9日

昨日の晩御飯に、かきを焼いて食べたら、お腹が痛くなって、しかも吐いた。病院に行ったら、ノロウイルスですねといわれた。点滴をしてもらって一晩病院で休んだらすぐに治ってよかった。本当に苦しかった。

２０１６年３月30日

今日は、車で病院まで行った。僕は、４週間に１回定期的に精神科に通院している。去年の今頃は、何回も何回も診察を受けたほうがいいと思っていたけれど、今はかなり元気になって、病院へ行くのはもういいやと思うまでになった。本当に気分がいい。ここまで元気になれたのも、家族のおかげだ。

２０１６年４月１日

夜中、また電気をつけっぱなしで寝た。不快だ。今のオレに足りないものは、人に親切にすること。これからは、人に親切にしなくては。イライラして、怒りそうになっても、我慢しなくては。

２０１６年４月２日

正直、ここだけの話。あまり父さんや母さんに大変な仕事をさせたくないんだがな。だから、なるべく母さんがいつもやっている仕事を、例えばスーパーへの買い物へ行ってあげるとかしないと、母さんが疲れきってしまう。できるだけ助けてあげよう。

2016年4月3日

昨日の夜、小学校時代の友達とメールした。しかし、あまりいいメールのやり取りはできなかった。でも、小学校時代、とても仲がよかったから、もう一度会って一緒に遊びたい。

2016年4月5日

今日は、朝気分が悪かった。前住んでいたマンションの近くの物件を見てきた。楽しかった。もっともっと力強い人間になりたい。今、僕は、社会人のどのあたりにいるんだろう。

2016年4月26日

最近、姉がはじめたゲストハウスの手伝いをするようになった。姉は、英語をペラペラと話せるので、外国人観光客を対象に、東京、高山、岐阜駅の近くに、ゲストハウスを持っている。僕は、岐阜駅の近くのゲストハウスを手伝うことになった。

２０１６年５月３日
ゴールデンウイークだ。姉から連絡があって、今日は午後からアメリカ人の若い女の子がふたりゲストハウスに泊まる。朝早く母さんと、部屋のそうじに行った。とてもつかれた。僕はトイレと洗面所と床をきれいにした。しかし、テキパキとはできないな。

２０１６年５月11日
今日は、朝からシーツやバスタオルを洗濯した。シーツはでかいのでめんどうだ。女の子の仕事だなぁ。

２０１６年５月15日

５年くらいスポーツらしいことをしていない。しかも、腹もどんどん太っている。あまりダイエットしたくないな。そんなことをする気力が全然ない。

２０１５年５月23日

今日は、朝、飼い犬がほえてうるさかった。1年前くらいに、姉が東京で飼っていた犬を預かるようになったのだ。名前はメルちゃん。目がとてもかわいい犬だ。

２０１６年６月７日

今日は仕事がなかったからずっと家にいた。頭がどうにかなりそうだ。そうだ。「今、サイコー、サイコーな気分だ」そう励ましでもしないと、家でだらだらしたまま1日が終わってしまう。

２０１６年６月11日
iPod classicが欲しいな。１年前に、故障してしまったのだ。４年間も大事に使っていたのに……。今は、携帯のミュージックしか使えない。早く買いたいよ｜。

２０１６年６月24日
昼寝ばかりしていたせいで、久しぶりに母さんに叱られた。そりゃそうか、でも、自分は……。ハッキリ言おう。今の自分は甘い。なんだか、高校時代よりはるかに能力が劣っているとすら思える。

２０１６年６月25日
もう少し、自分の部屋をシンプルにしよう。本、ＣＤ、家具、衣類などを、全部取り出して、もとどおりきれいに並べよう。天気のせいもあるけど、やっぱり暗い気分だ。明るく明るく!!　しかし以前にくらべると部屋がどんどんきれいになってきたぞ。

2016年6月30日

イギリス人の老夫婦が、2日間ゲストハウスに泊まって下さった。今日は、午後からひとりでゲストハウスの片付けに行った。シーツを変えて、トイレをそうじした。僕は、シーツを替えるのが苦手だ。完璧にはできない。後から母さんが手伝ってくれた。

2016年7月5日

今日は、昼頃、病院へ行った。お腹を診てもらった。僕はコレステロールが高いのだ。

2016年7月8日

まだ、薬は飲み続けないといけないみたいだ。もう10年になるのに。朝、すごく気分が悪かった。しばらくこの気分は続きそうだ。昼食を食べてから、しばらくゆっくり休んだ。今日は、仕事がなかったから図書館に行った。

２０１６年８月９日

病院に行った。もう、車でひょいだ。簡単だ。僕は、この先の将来、どうなるんだろう。将来どうするか、今のうちに決めないと。決意を固めないと。

それにしても暑い。早く夏が終わらないかな。今日、病院行っといてよかった〜♪

これで夏の分の薬が全部手に入った。

２０１６年８月12日

今日は、朝から調子が悪かった。調子が悪いと誰にも会いたくないし、誰ともしゃべりたくない。夕方、母さんが「ついてる、ついてる」と励ましてくれた。それで元気になった。

２０１６年８月19日

昨日の朝、車で姉と一緒に高山へ行った。高山は、観光客でいっぱいだった。姉のゲストハウスも、お客さんが多い。掃除屋さんと一緒に、手伝いをした。ふらふらになってしまった。なさけなー。今日は、早く高山から脱出したくて、朝早くひとりで電車で帰って来てしまった。

２０１６年９月２日
少し、病気から離れるのも手だと思う。いつも自分の日記本を読みすぎている。いいかげん、病気のことは考えたくない。もっと世の中には大事なことがいっぱいある。

２０１６年９月14日
今年も、岐阜県精神保健福祉大会で発表をさせてもらえると連絡があった。テーマは「精神障害者が地域で自分らしく暮らすには」だ。発表は11月8日だ。

２０１６年10月３日
ゲストハウスの仕事は、お金はもらえるが、けっこうつかれる。手伝ってくれている母さんもヘトヘトになっている。せっかく僕のために仕事を作ってくれた姉に悪いなと思う。

２０１６年10月15日

最近、日記が上手く書けない。考えがまとまらない感じがする。福祉大会で発表するのは、僕の他に統合失調症の男性が３人いらっしゃった。僕が一番年下だった。

２０１６年11月１日

発表会のスピーチ原稿が出来あがった。去年の文章を少し修正して書いた。僕の出版した本を、「会場で販売してもいいですよ」とコーディネーターの方が言って下さった。どうしようか迷ったけれど、恥ずかしかったので、お断りしてしまった。

２０１６年11月11日

８日に発表会が無事に終わった。緊張していたけれど、ゆっくり原稿が読めた。会場から、質問をもらった。何とか答えることができた。最高に幸せな一日だった。

2016年12月20日

仕事がけっこう大変で、日記が書けなかった。しかしいいことがあった。先日の発表会の時、会場に来ていらっしゃった中日新聞の方が、僕の家に取材に来て下さったのだ。一時間くらい話した後、何枚も僕の写真をとってもらえた。いつ新聞に載せてもらえるのだろう。楽しみだなー。

２０１６年を振り返って

４月から、姉の仕事を手伝うようになった。ゲストハウスの掃除をすることだ。いろいろな国からお客さんがきてくださるので、面白い。掃除は大変だけれど、収入は少し増えた。

また今年は、去年と同じように、岐阜県精神保健福祉大会で、発表をさせていただけた。すごく緊張するなー、どうなるかなーと心配だった。けれど、当日は、失敗することもなく、大きな声で堂々と発表ができた。

終わったあとは、家族の前で何回も練習してよかったなと強く思った。

みんなが笑顔で、「だいき、よかったぞ」と言ってほめてくれてうれしかった。

２０１６年は、心身ともに充実していて、楽しいことが多かった。忘れられない一年になった。

11 突然の入院

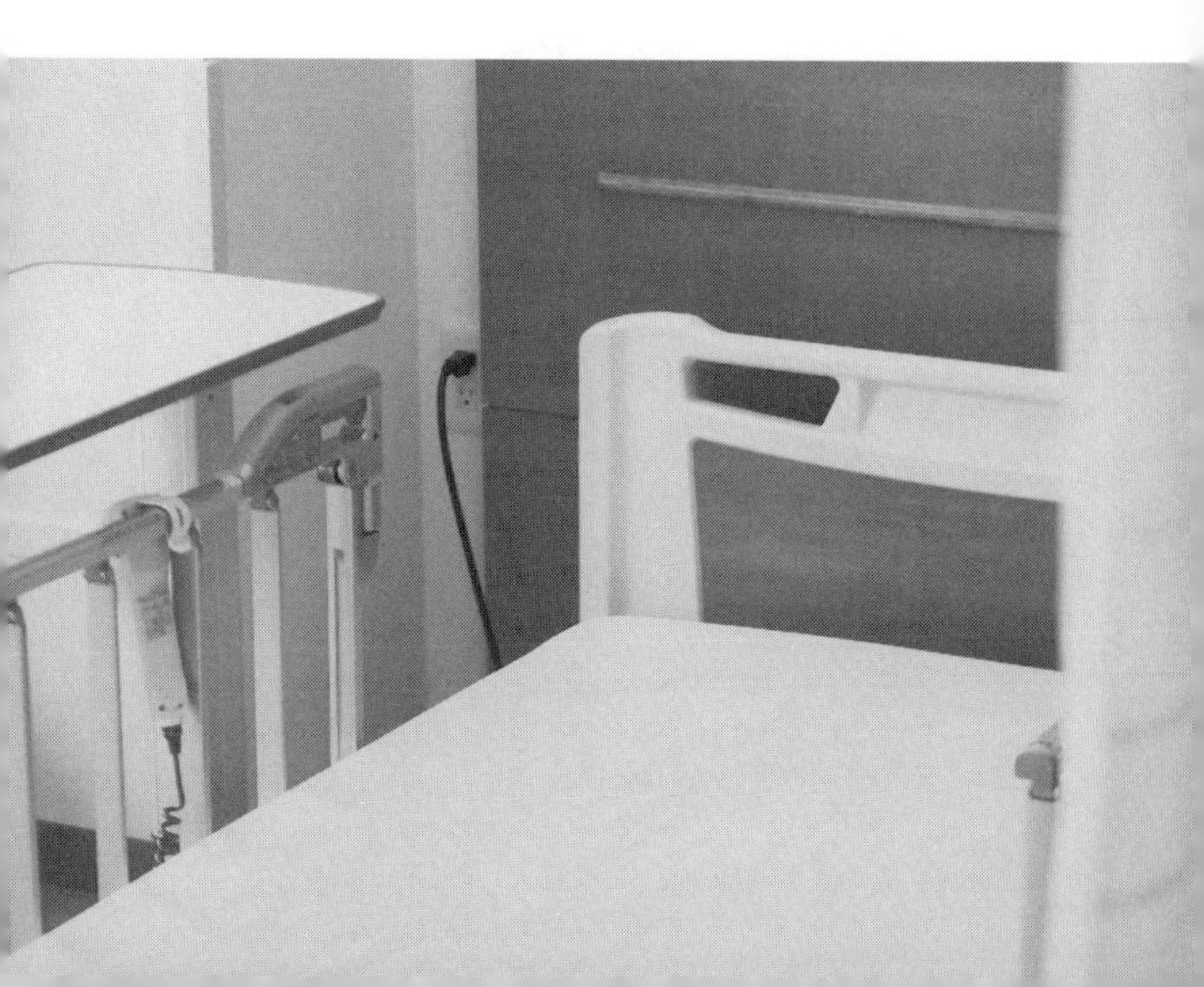

2017年1月8日
今日は、僕の記事が新聞に載った。やったー。中日新聞の岐阜県版に本を2冊持っている僕の写真が載ったのだ。こんなにうれしいことはない。

2017年4月10日
日記帳を変えた。運気が悪かったし、2017年に入ってから、調子というか、これといって進歩、進化がなかったからだ!! だから、あえて表紙がきれいな銀色の日記帳にした。今日から、この日記帳が僕の必需品になる。

2017年4月12日
朝からにぎやかだった。なかなか明るい、おだやかな朝だった。とても体の調子がいいからか、よく眠れる。それにしても、僕には、自立心というのがあまりない。

２０１７年４月26日

今日の朝から、少し心が軽くなったような……。なんだか、急に花粉症がおさまった。３キロくらいやせた。夕方、小学生の集団を見かけた。子供の声を耳にすると、自然とこっちまで元気になるなー。

２０１７年５月12日

コーヒーを飲むと、頭がさえて眠れない。当たり前だけど、僕の場合、頭を常にクリアにしたい。テレビのリモコンのいろいろな操作を覚えた。ゲームやiPodの操作ならすぐに分かるけど、あいかわらず車は慣れない。

２０１７年５月18日

近くの本屋さんで赤色の表紙の本を買った。自分の2作目の本も赤色だから、なんだか仲間がいっぱいできた気分。次に買いたいなーと思う文庫本は、芥川龍之介と夏目漱石の本。夏目漱石の『吾輩は猫である』は名作だ。

２０１７年６月５日

自分には、圧倒的に勉強時間が足りない。今日は、本屋さんで、『統合失調症』という本を買った。もっと健康になりたい。

２０１７年６月８日

今日は、朝早く目覚めた。気分よく起きられた。そのあと、すぐ寝て、平凡な朝にしてしまった。起きてすぐまた、おばあちゃんの家に行った。元気そうでよかった。そのあと、午後、出版した本のことを考えた。また、じっくり読み返した。

２０１７年６月24日～７月４日

この日、病院に入ろうか迷ったが、結局入院することになった。入院中に、はっきりとは分からなかったが、幻聴がした。かすかに覚えているのは、入院中うめきながらというか、治療中でも、幻聴がした。今だから分かるけど、それは、家族であったり、とにかく奇妙な声。老若男女問わず、オレを呼ぶ声だった。あとで、自分の部屋で分かったが、趣味で集めているＣＤのアーティストの叫び声もしたな……。

もしかしたら頭から離れなかった音楽を、病院の中で引きずってしまっていたんだろうか。実際は、病院に入ろうか迷ったのではなく、正確には、病院に〝有名なアーティストが隠れた〟……と妄想したから病院に入った……。でも、それは、実際は自分の妄想でしかなかった。ひとつだけはっきりしているのは、入院中、自分が書いた2作目『青春の記憶を刻んで』の原稿をひたすら読み返していたこと。この自分の本は、母さんが僕のために、病院に届けてくれたものだった。

病院の方たちに申しあげます。７日間という短い入院期間でしたが、本当にありがとうございました！

２０１７年７月14日
今日は、夏の暑さもあって、だらだらと1時間すごしてしまった。すぐに頭をきりかえたい。早朝、大粒の雨がふっていた。

２０１７年7月15日
新しい本、哲学の本が必要かもしれない。午前中は、たたみの上で横になって昼寝していた。気分が暗い。姉とショッピングモールへ行った。すごくよかった。
２０１７年7月17日
最悪な気分で起きた。その後は、薬局とコンビニ。コーヒーを飲みながら母さんと相談。
２０１７年7月19日
あまりいい1日ではない、言ってしまえば、平凡な1日だった。ここ1週間くらい昼寝をたくさんしている。
２０１７年8月31日
人生、始まったばかり。新しい、だいき、起死回生を見せなければ!!

２０１７年９月６日
今日は、２度寝して、最終的に11時に起きた。いよいよ秋、もうそのあとは冬だ。
２０１７年９月８日
この日は、朝、リサイクルセンターと、本を買いに行った。家に帰ったら、疲れて寝てしまった。
２０１７年９月12日
今日は、12時に起きて、自分の部屋を大掃除した。すごく疲れたけど、達成感があった。そのあと昼寝もして、充実した１日だった。
２０１７年11月５日
病気の再発以来、日記が書けない。短い文章になってしまう。体が硬い。自分の体じゃないみたいだ。

2017年を振り返って

5月くらいから、ゲストハウスの掃除が、どんどん忙しくなった。毎日がフラフラして、仕事に追われ、強いプレッシャーとの戦いだった。明るい気持ちにはとてもなれなかった。6月の下旬に、幻覚、幻聴が激しくなり、入院することになった。思いかえせば、僕は一カ月間、薬をまったく飲んでいなかったのだ。退院後は、消耗期のような症状になり、毎日がとても苦しかった。

家族からは、ゲストハウスの仕事をやめてゆっくり休むようにいわれた。入院以来、家族はぼくの病気を深く理解してくれるようになったと思う。

12　自分をみつめて

2018年1月2日

年末年始、北朝鮮問題を考える。1カ月後の花粉症に備える。生活のリズムを少しゆっくりにしてみる。そして、気分を2011年くらいに戻す。あの年は、すべてが最高の気分だった。

2018年1月4日

初夢は見られなかった。見たかった。よし、今日、明日で今年の生活のリズムをつくろう。まずは、世の中、時代の流れを読む。今年は自分を励ましながら生活する。そしてまた、自分と対話していく。

2018年1月5日

小学校、中学校の同級生仲間のことを思い、今年が始まった。今年の運勢をインターネットで調べたら、「ご縁」の運勢がすごく高いのだ。個人的にはうれしいし、10年前から友達が欲しかった。

２０１８年１月７日

今日は日曜日。テレビを多く見る。でも、僕は食事やテレビの前に、多く仕事をこなす。その仕事の内容とは、そう、今まさにやっている、日記を書くこと。スーパーへの買い物、風呂の掃除、そして、夕食の用意も手伝っている。今日もうひとつ改善したい部分は、睡眠。睡眠は、統合失調症にとって大事なのだ。

２０１８年１月10日

車の免許をとってからというもの、週に2回くらいおばあちゃんのところへ車で通っている。今日は、体の調子もまずまず。去年の11月、12月はどこか調子が悪かった。心や体をきたえることを、今年は多くやりたい。

２０１８年１月12日

今日は、ゲオで、ＰＳＰ本体８９００円を買った。買ったとき、すごくうれしかった。けど、ちょっと、うちに携帯ゲーム機や、iPodが多すぎる。売りに出したいけどな。でもまあいいか。夕方料理をした。2カ月前から、料理をすることが習慣になっている。母さんに少しでも楽をさせたいからだ。

2018年1月19日

おばあちゃんの介護で、病院、そのあいだスーパーで買い物、カギをもらって、いったんおばあちゃんの家。今日は、退屈な1日だったけど、体力回復。僕も、障害者として社会で頑張って生きていく。

2018年1月20日

今日は、朝起きてすぐ洗濯機を買いに行った。運ぶのが重かったけど、頑張って運んだ。ゲオに行って、ビデオを借りてくる。

2018年1月26日

雪がつもって、車の移動が困難だった。昨日から、とにかく寒いな。コンビニで、栄養満点の野菜ジュースを買った。野菜は統失にいい。

２０１８年１月30日

去年の7月、車の故障で、歩いて帰ろうとしていたら泥にはまって以来、口が気持ち悪い。何か効く薬はないかな。何はともあれ、去年の入院からようやく体調がすべて戻った。これで、夜中しっかり眠れる。

２０１８年１月31日

しばらく、炭酸とか糖質を大量にとりすぎていたから、サラサラしたものでも食べたいな。1月も今日で最後か。春の気配がするな。

２０１８年２月３日

去年から気持ち悪かった、口と鼻の症状、完全に治る。4回起きて寝てをくりかえす。そして8時30分に起きた。朝だけ考えれば最悪。

２０１８年２月10日
午前中スーパーへ行った。おばあちゃんと一緒だったから、少し疲れた。車、小犬、介護の手伝い。面倒なことが多いが、乗り越えなくては。

２０１８年２月12日
長袖の服に着替えなくてはならないほど、家の中がすごく寒い。部屋を替わって分かった。iPodが欲しいなと思う。もうすぐ誕生日だし。

２０１８年２月22日
本を買う。幸福になるための哲学の本。

２０１８年４月１日
今日は、深夜、星がとてもきれいだった。星や宇宙は輝いていて、広大なのに。僕や家族は暗いままだ。

２０１８年５月25日
少しねむい。家にある統合失調症の新しい本をもちだし読んでみた。できるかぎり病気を治したい。

２０１８年５月31日
夢が叶った。母と姉と３人で、サッカーの日本代表の試合を観に、横浜の日産スタジアムへ行った。新横浜駅からスタジアムまで歩いていく途中は、たくさんの人達が、青いユニフォームを着て歩いていた。試合前のセレモニーや、選手紹介などは、迫力があって興奮した。普段ＴＶで観まくっている選手達を近くで観れて、最高な気分だった。

２０１８年６月１日
頭の中で考えていることが、全部のぞかれている気分。なぜか気力というか、生きる力がわいてこない。統合失調症のせいだろうか。

2018年7月28日

朝、少し気分悪く起きた。姉が飼っている犬が、久しぶりに家に来た。玄関からしっぽをふりながら走ってくると、頭をなでてかわいがってやる。すごく元気のいい犬だ。

2018年8月15日

今日は、病院へ行った。雨が降っていた。お盆休みだ。兄の家族がやってきてみんなで食事をした。2歳の奈々世ちゃんは超かわいいー。ぼくはおじさんだあ。

2018年9月30日

iPhoneの携帯を替えた。3000円くらい安くすむから替えた。前の携帯は、XPERIAで少し値段が高かった。

２０１８年10月5日

明日、スポーツ誌Numberを買う。起きたらすぐに本屋へ行こう。Numberは僕がどうしようもなくへこんだ時、気分を引っ張りあげてくれる大好きな雑誌だ。

２０１８年10月8日

今日は、久しぶりに気温がガクッと下がった。おかげでゆっくり休息がとれた。この季節がずっと続いてほしい。今に幸せの入り口が見えてくる。みてろー。

２０１８年11月20日

また朝おばあちゃんから電話がかかってきた。週に何回も買い物や病院へ母さんと連れていく。これがけっこう大変だ。

２０１８年11月30日

入院した時のことばかり思い出してしまう。どうしてもいやな気分がぬけないな。

2018年12月5日

作業所もやめて姉の仕事の手伝いも今は時々しているくらいだ。おばあちゃんの介護が大変になってきた。しかし僕には強いプレッシャーのないゆったりとした今の生活がいちばん合っていて楽だ。

2018年12月20日

朝気分がよかったから山の近くへひとりでドライブした。濃尾平野がずーっと見わたせる広ーい駐車場のコンビニが好きだ。そこでこっそりコンビニ弁当を食べると最高だ。

2018年を振り返って

昨年の入院の恐怖からまだ立ち直れないでいた。なかなか調子があがらなかった。けれど、僕を救ってくれたのは、6月に開幕した、ロシアワールドカップだった。ワールドカップに夢中になっていたからだろうか、入院の記憶もどんどんうすらいでいった。

仕事をやめて、のんびり家ですごし、自分を見つめ直す時間が増えた。心と体を癒やす時間をつくった。受け入れ難いことではあるけれど、ありのままの自分を、素直に認めた。

頑張らないで、のんびりすごした1年だった。

13 青春の記憶を刻んで

2019年2月25日

ここ2週間、多くのビジネス書、生き方のノウハウの本が面白い。とても好循環を生む。

2019年2月26日

今日は、珍しく最高の気分で起きられた。その勢いで、遠くのショッピングセンターで青くてかっこいい長財布を買った。10年くらい、高校時代のボロくて黒い財布を使っていたから、なおさらうれしかった。

2019年3月17日

日の出のとき、たくさんのいろいろな思いがめぐった。今日、1日をいい1日にしよう。そして、できるだけみんなを安心させよう。今日は、いろいろな映画を見た。中には、ホラー映画もあった。

僕は、ここ13年、ずっと孤独だ。病気をコントロールするには、少々バランスをとるのが必要だ。そして、外の道路に、誰かがいるのが気になり、少しうろうろした。車が3、4台通った。サッカーを少し見る。

2019年3月18日

今日の朝、深刻にうなされて起きた。きっと原因があるはずだ。きっと何か大きな別の原因があるはずだ。2019年になってから、毎朝毎朝死ぬ思いだ。気分を晴らすため、何か超楽しいゲームを買う。

2019年4月9日

今日も、気持ちよく起きられた。しかし、何も特にすることがなく、暇になってしまった。テレビもあまり面白くない。最近、5時間くらい家で音楽を聴いたり、ゲームをやっている。だから、毎日姿勢をよくしていたい。そうすれば、ずっと楽になる。ダイエットもしなくては。

２０１９年７月４日

2冊の僕の書いた本をもって、ナビを見ながら、一人で家から車で40分のところにある、岐南町の図書館へでかけた。こんなにワクワクした気分は久しぶりだ。岐南町の図書館は、宇宙ステーションみたいでおしゃれだった。入り口の受け付けの人に本を見せて、寄贈してきた。

２０１９年７月９日

今日も、気分よく起きた。どこの図書館に寄贈しようか迷ったが、家から10分くらいの岐阜市の図書館へ行ってきた。小さな図書館だったが、僕の本を置いてもらえてうれしかった。

２０１９年７月14日

ＮＨＫの教育テレビをつけたら、〝こころの時代～宗教・人生～「武器ではなく一冊の本を」〟というマララさんの番組をやっていた。教育の機会をうばわれ、一冊の本も読むことができない女性や子供たちを救う活動を続けるマララさんの信念に、僕はとても共感した。僕もいつか、世界平和に貢献できるような人になりたい。

２０１９年７月17日
今日も、ひとりで本の寄贈にでかけた。
岐阜市の長森図書館と、東部図書館へ行ってきた。
寄贈させてもらえるだけで、何だかマララさんになった気分だ。ちょっと大げさか!!

２０１９年７月19日
きのうは、１時間かかってひとりで各務原市立中央図書館に行ってきた。とても遠かった。
帰り道は、いつも穏やかな気持ちになる。
掃除の仕事より、僕にとって本に関わる仕事はとても楽しい。

２０１９年7月22日
車で行ける範囲の図書館に、全部行った。
次からは、滋賀県へも行ってみようかな。
仕事がない日はダラダラ過ごしてしまい、充実感がまったくない。

２０１９年7月25日
おばあちゃんが、転んで足の骨を折ってしまった。母さんと、すぐに病院へ行った。
明日手術をすることになった。

２０１９年7月26日
毎日母さんと病院へ通っている。図書館まわりも、できなくなってしまった。また介護の手伝いがはじまった。父さんのおじいちゃんおばあちゃんの介護も大変だったなぁ。気分が沈むな。

２０１９年９月27日
ずっと日記が書けなかった。約2カ月空欄だ。
毎日落ち着かなかった。おばあちゃんがやっと24日に退院した。杖をついてひとりで歩けるようになった。何だかホッとした。

２０１９年９月30日
久しぶりに、家族でゆっくり夕食を食べた。おばあちゃんの入院中は、母さんの代わりにほとんど僕が毎日夕食を作っていた。
簡単メニューばかりだったけれど。

２０１９年10月１日
深夜、真夏のような暑さで起きた。
二度寝して朝日が覚めたら、気持ちよく起きれた。
最近は恐い夢も見ない。

２０１９年10月４日
介護の手伝いが忙しい。
杖がないと歩けないおばあちゃんを見ていると、当たり前のように歩ける自分が健康に思える。

２０１９年10月12日
今日も朝から調子がよかった。

おばあちゃんの診察日だったので、母さんも一緒に3人で病院へ行った。小児科の前で管をたくさんつけた車いすの小さな男の子を見た。

僕よりずっと苦しい思いをしているんだろうな。あんなに小さな子なのに。

僕の病気がちっぽけに見える。

２０１９年10月18日
毎日気分がいい。今日は、部屋の中を片付けた。１００冊くらいあった雑誌

Numberも、3分の1に減らした。文庫本は気に入っている本だけを残してみんな捨てた。すっきりしたぁ。

２０１９年10月20日
テレビが観れなかったが、バラエティー番組も普通に観れるようになった。気持ちが軽くなってきた。

２０１９年10月25日
また今日もおばあちゃんの診察日だったので、母さんと病院へ行った。
毎日、患者さんが多くて待ち時間が長い。
いったいどこが具合いが悪いんだろう。
みんなどこが変なんだろうな?
僕だけが病気なんじゃない、みんな同じなんだ。

2019年を振り返って

今年は出版した2冊の本を寄贈するためにたくさんの図書館を車で回った。今までにないワクワクした気持ちで暮らす日が多くなった。希望がわいてきた。

自分の本当にやりたいことに挑戦すると楽しくなる。7月におばあちゃんが転んで入院してから、病院へ何度も通うようになった。いつも患者さんが多いのに驚いた。誰もがみんな、きっとどこか病気なんだろうな。

統合失調症は、幻聴、幻覚はあるけれど、ちゃんと歩けるし、体の不自由はない。そう考えれば、大変な病気にかかってしまったと思ったけれど、もっと重い病気で苦しんでいる人たちと比べると、恵まれていると感じた。

あの暗闇の中から抜け出し、今年は明るい希望がわいてきた1年だった。

おわりに

発病してから13年間、父さんに勧められて日記を書いてきました。

読み返してみると、はじめの9年間は、統合失調症の幻聴や幻覚の症状にとまどい、恐怖や不安の中で、必死に回復しようともがき苦しんでいました。

元気だった頃のように、友達と一緒に遊びに出かけてみたり、同年代の友達と同じように働かないといけないと思い、作業所へ行ったりゲストハウスの仕事を手伝ったり強いプレッシャーと戦いながら頑張ってきました。

人と違う自分が嫌だった。働けないことがはずかしく、自分を責めてばかりで苦しかった。

ゲストハウスの仕事がどんどん忙しくなり、そのうえに、1カ月の間全く薬を飲んでいなかった僕は、２０１７年の7月に、病気が再発してしまいました。1週間ではありましたが、はじめての入院を経験しました。発病してから10年目のことでした。

この入院をきっかけにして、僕は健康な人と同じように働くことができないんだと改めて感じました。

ありのままの自分を素直に受け入れることにしたのです。長い時間働くこと、そしてテンポの早い仕事をすることも無理なんだな……。

先生にも、頑張り過ぎないで穏やかに毎日すごすように、アドバイスをもらいました。

自分のできる範囲の中で一日をゆっくりすごすことが僕にとって精一杯の生き方なんだと気づきました。

2007年から、13年間家族のみんなに全力で助けてもらいました。こんな僕を大人にしてくれてありがとう。いつかきっと恩返しがしたいなぁ。

2020年、タニシだいきのHAPPY SLOW LIFEのスタートだ！

タニシ だいき

著者プロフィール

タニシ だいき

1989年生まれ。岐阜県出身。
高校を卒業後、7年間の孤独なひきこもり生活を経験する。
趣味はサッカー、音楽。
将来はひきこもりに苦しむ人達の力になりたいと考えている。
著書：『統失ひきこもり4年生』（2011年　文芸社）
　　　『青春の記憶を刻んで』（2014年　文芸社）

青春の記憶を刻んで　完全版　～ありのままで～

2020年２月15日　初版第１刷発行

著　者　タニシ だいき
発行者　瓜谷 綱延
発行所　株式会社文芸社
〒160-0022　東京都新宿区新宿１－10－１
電話　03-5369-3060（代表）
03-5369-2299（販売）

印刷所　株式会社暁印刷

ISBN978-4-286-21286-9